敗壊の人

森本　繁

敗壊の人

易行道《いぎょうどう》の人は敗壊《はえ》の人なり

「十住毘婆沙論《じゅうじゅうびばしゃろん》」より

敗壊《はえ》とは「やぶれこわれる」という意味である。わたしは今、大志を抱いて精進《しょうじん》し、世に出んとしながら、無惨にもその志が成らずして潰えた、ある武士の物語を書こうとしている。武士の名を本庄杢左衛門重政《ほんじょうもくざえもんしげまさ》という。

本庄重政像
（福山市松永町）

一

「殿、お暇を賜りとうございます」

「なに、暇とな？」

備前岡山藩主池田新太郎少将光政が、訝《いぶか》しげに問いかえすのへ、杢左衛門は、このあと自分の半生をかけた言葉を、ためらいながらも思いきって口にした。

「永の……永のお暇をでございます」

「ほう、永の暇とのう」

光政は再び驚いて、この家臣の半白に染まった頭髪と、日焼けのした赭顔《あからがお》とを、等分に見比べた。

「わけを申してみよ」

「………………」

無精髯を残した杢左衛門の口元がわずかに動いた。が、声にならなかった。額の皺の一つ一つに歳月の苦渋が染み込んで、その下に気鋭の眼光があった。

（うむ、この男、何かを企みおる……）

利発な新太郎少将は、早くもこの家来の真意を見抜いたが、わざと恍《とぼ》けて、たたみかけた。

「どこかよい仕官の口でもあったのか？」

「決して……決してさような」

「ならば、この新太郎が不足じゃと思すか」

「滅相もない」

杢左衛門は慌てて半身に起こし、右手を眼前で打ち振った。

「さようか……」

と光政は半眼を閉じ、一語一語ゆっくりと付け加えた。

「その方の祿高のことは、すでに仕官の際申し聞かせ、その方も納得した。のう、杢左衛門、そうであろうが」

「…………」

杢左衛門は胸の奥に秘めたものをのぞき見られたような気がして、言葉にならず、妙に顔が火照った。

「あのときの約束、よもやその方、それを疑う気持ちがあろうとは思えぬが……」

「毛頭……それがし、毛頭そのような……」

狼狽して、からだじゅうが汗になった。

「ないと申すのじゃな」

「はい」

「禄高は不足もなく、他に主取りのあてもないとすると……その方暇をとって、なんとするつもりじゃ？」

光政の口元が、ようやくゆるんだ。

本庄杢左衛門重政が備前岡山藩に召し抱えられたのは五年前の寛永十六年であった。

水戸の徳川光圀《みつくに》、加賀の前田綱紀《つなのり》、会津の保科《ほしな》正之と並んで寛永四君子の一人と称された備前藩主池田新太郎少将光政が、杢左衛門に食指を動かしたのは、この男が島原の乱の武功で、備後福山藩主水野日向守勝成から五百石で召し抱えるという誘いを、禄千石でなければ応じられぬといって辞退したという話を聞いたからである。

だが、もしこれだけのことであったのであれば、元和偃武《げんなえんぶ》このかた、どこへも仕官できずに困っている牢人者が、巷《ちまた》にあふれている昨今、「なんと身の程知らずの侍がいるものよ」と、笑って済ますところだが、新太郎少将光政には、これをそのまま聞き捨てにはできぬ、胸中の蟠《わだかま》りがあった。それは、杢左衛門がその誘いをことわったという相手の水野家に対する先代からの確執からであった。いわば、徳川譜代と外様雄藩との意地の張り合いとでも言おうか……。

備前藩の当主新太郎少将光政の先代は、河合又五郎出奔事件がもとで急逝した備前宰相池田忠雄《ただかつ》である。忠雄の家臣河合又五郎が朋輩の渡辺数馬の弟を殺して江戸へ出奔したあと、又五郎は安藤四郎右衛門という旗本の屋敷に匿《かこ》われ、これを旗本《はたもと》奴棕櫚柄組《やっこしゅろつかぐみ》の棟梁水野出雲守成貞《なりさだ》が庇護した。水野成貞は備後福山藩主水野日向守勝成の三男である。備前宰相池田忠雄は幕府に訴え出て再三又五郎の引き渡しを求めたが、一向に埒《らち》が明かず、体面を傷つけられた彼は外様の雄藩備前三十二万石の名誉にかけてこの旗本譜代と戦う決心をした。ところが彼は、その争いの最中、俄《にわか》の病いで頓死してしまった。このあと、嗣子の勝五郎光仲が忠雄の遺命を受けて幕閣とかけあい、又五郎の引き渡しを求めるが、それでも事件は落着せず、忠雄の死後二年たって、尾張藩主ら徳川御三家の調停で、ようやく又五郎を旗本屋敷から追放させた。

有名な伊賀上野の仇討ちというのは、こうして追放された河合又五郎を、渡辺数馬が主命により義兄荒木又右衛門の助けをかりて、見事に討ち果たした事件である。

ところが、この事件のあと、亡き忠雄の嗣子勝五郎光仲は因州鳥取へ転封となり、その鳥取から備前岡山へ移封して来たのが現当主新太郎光政であった。光仲と光政は従兄弟《いとこ》であり、西国将軍と称された姫路城主池田輝政の孫であったから、忠雄にとって不倶戴天《ふぐたいてん》の仇は同時に甥の光政にとっても憎むべき敵であった。光政に河合又五郎を庇護して忠雄に楯突いた旗本奴の棟梁水野成貞を嫌悪する心があったのは無理からぬ。

その頃江戸に、旗本きっての暴れん坊水野出雲守成貞がいた。成貞は棕櫚柄組の棟梁であり、手下《てか》の旗本衆に揃いの六方《ろっぽう》姿をさせて江戸市中を伸《の》し歩いた。彼は直参《じきさん》旗本の寄合席三千石であったが、妻は阿波徳島の藩主蜂須賀《はちすか》阿波守至鎮《よししげ》の娘である。彼女は異装である六方姿の打扮《いでたち》で市中を闊歩する成貞に一目惚れして押しかけ女房になったというから、蓼《たで》食《く》う虫も好き好きである。縁談の橋渡しをしたのが大久保彦左衛門で、将軍秀忠お声がかりの輿入れだといわれている。この夫婦の間に生まれたのが、有名な水野十郎左衛門成之《なりゆき》であった。

この成貞の父は水野日向守勝成で、備後福山十万石の譜代大名である。成貞はその三男で三河の刈谷に生まれ、二十歳のとき備後福山から江戸へ出て徳川の旗本となり、二代将軍秀忠の小姓を勤めた。ところが三代将軍家光の時代となって将軍と衝突し、自ら役職を返上して寄合席に入った。寄合席とは三千石以上の旗本で無役の者をいう。

そんなわけで、成貞の鼻息は荒い。江戸市中を暴れまわるだけでなく、容赦なく外様大名たちに突っかかって騒動を起こす。前の河合又五郎事件のこともあって、池田藩に対する風当たりはことのほか強かった。

棕櫚柄組は白柄《しらつか》組とも称されるが、この成貞率いる白柄組に対して幕閣は無碍《むげ》にこれを取り締まるわけにはゆかなかった。というのは戦国の余燼がまだくすぶり、幕藩体制の草創期で、改易廃絶の憂き目を見ている大名たちが大勢いたからである。元和五年の福島正則、寛永五年の加藤忠広と、外様の大大名の取り潰しが続き、徳川一門でもまた、元和二年の松平忠輝（家康の第六子）、同九年の松平忠直（秀忠の兄秀康の子）、寛永九年の駿河大納言忠長（家光の弟）と改易処分が非情に進められ、もしこれら諸大名が幕府に反旗をひるがえすようなことがあれば、幕閣はくだんの旗本奴たちを鎮圧軍の先頭に立てて、はたらいてもらわなければならないからである。

だから、彼らは益々図に乗って外様大名の足元を掬《すく》おうとする。

池田光政は、こうした旗本奴の横行が我慢ならない。その棟梁の水野出雲守成貞の父は備前藩西隣の領国備後十万石の領主水野勝成である。神君家康の従弟《いとこ》であり、譜代きっての名門であった。

だが、外様大名とはいえ、池田家とて、これに劣らぬという自負があった。たしかに家康の母於大《おだい》は水野忠政の娘で、勝成の父忠重の姉だが、池田光政にしても曽祖父の信輝（恒興）は織田信長と乳兄弟《ちきょうだい》であり、その子輝政の妻は徳川家康の次女富子（督姫）であった。だから家格からいっても、決して遜色はないのである。しかも、禄高にいたっては備後福山十万石に対して、彼は備前岡山三十一万五千石であった。

さて、その日向守勝成だが、彼は戦国生き残り、千軍万馬《せんぐんばんば》の豪雄であったから、寛永十四年に島原一揆が起こると、翌年二月に七十五歳の高齢にもかかわらず征討上使松平信綱の軍事顧問として本州からただ一人総勢六千三百四十四人の福山藩兵を率いて出陣した。ところが彼はその戦場で、寺沢堅高《かたたか》の陣中にいて抜群の武勲を立てた本庄杢左衛門重政を見て感動し、戦いのあと彼を召し出して五百石で召し抱えようとした。すると、杢左衛門は祿千石でなければ仕官はせぬと、これを拒否した。

これにより日向守の面目は失墜したが、この噂を聞いて新太郎少将は快哉を叫び、今がこの日向守の鼻を明かす好機だと思った。

「その杢左衛門とやら、小気味のよい男よ」

と、すぐさま側衆の若原監物《けんもつ》を呼び出して、島原の陣から凱旋して、美濃の岩村城主丹羽式武少輔《にわしきぶしょうゆう》の家中で食客となっていた杢左衛門に渡りをつけさせ、彼を望み通りの千石で召し抱えさせたのであった。

これで、新太郎少将光政は、外様三十一万五千石の実力を見せつけ、旗本奴の後楯となっていた譜代の名門水野家に対する積年の怨みを晴らすことが出来たと思った。

こうして新太郎少将は、本庄杢左衛門を祿千石で召し抱え、世間の耳目を驚かせたが、それは表をつくろう名儀上のことで、実際に杢左衛門が受けた家祿は三百石二十人扶持であった。光政が召し抱えるにあたって杢左衛門に、「旧来の譜代家臣との兼ね合いもあり、当分は三百石二十人扶持に据え置く」という付帯条件を付けたからである。

常識的に見ても、当時の武芸者が諸大名に召し抱えられるときの待遇はそんなもので、徳川将軍家においてさえ、有名な剣術家である小野次郎左衛門忠明が将軍家光の指南役として召し抱えられたときも六百石だった。だから光政としては、この杢左衛門に、このあとしかるべき役職につけて千石の扶持を与えるつもりであった。

けれども、その機会はなかなかやってこず、あっという間に四年が過ぎた。これを仕官の条件にしていた杢左衛門は憤懣やるかたない。藩主にとってはあっという間であろうが、待たされる側の彼にとっては十何年もの長さである。

「のう、杢左衛門、巷《ちまた》には食いつめ牢人があふれていると聞く。その巷に転がり出て、その方これからなんとする？」

新太郎少将は杢左衛門の腹の中を見透かすように、意地の悪い微笑を浮かべた。

関ヶ原合戦と大坂夏の陣によって生じた牢人の数は推定十七万人。その後の改易、転封処分によって禄を失った牢人たちは四十万人を数えるという。まことにこの主君のいうごとく、永のお暇などと、笑いごとではすまされぬ。李左衛門は、そんな抗《あらが》いようもない時流の壁に追いつめられて、進退の岐路に立たされていたのである。

五年前とは事情も変わっていた。

あのとき新太郎少将には、譜代の名門で先代の備前藩主池田忠雄を苦しめた旗本奴の後楯《うしろだて》水野家への対抗意識があった。そのためにこの李左衛門が必要であり、水野勝成が手にいれることができなかった獲物を仕とめることで目的が達成できた。だが、もう彼の役目は終わった。彼が会得した軍学とか砲術の特技にしても、兵乱の兆しがなくなった昨今、無用の長物《ちょうぶつ》でしかない。

当時は島原の乱直後で、戦時体制下にあったから李左衛門の持つ軍事技術が大切だと思われたが、四年が経過した今は、もうその必要がなくなった。寛永二十年の元号が正保と改まったこの年、幕府は明朝《みんちょう》残党鄭氏一族からの抗清援兵要請を断り、徹底した平和路線を歩み始めた。各藩も殖産興業を重視し、計数と治山治水や土木に明るい経済官僚を必要とするようになった。求められる当節風のさむらいとは、乱世の英雄や豪傑ではなく、治世の算盤武士《そろばんざむらい》である。現に四国高知の土佐藩では、野中兼山《けんざん》という傑出した家老が地山・治水にめざましい実績を上げているし、この備前岡山でも新太郎少将光政は今、陽明学派の学者熊沢蕃山《くまざわばんざん》を藩の財政顧問にむかえて、実務家の津田永忠とともに殖産興業を推進させているのだ。

明君とか賢君として名を後世に残す藩主は、いち早く時代を先取りして新政策に着手するが、そのためには、不要となった旧来の官僚たちを容赦なく切り捨てなければならない。杢左衛門も光政がそうした新機軸を打ち出すための模索の段階で登用した人物であったが、藩の方針が変わればもはや不要の人材であった。ところが一見不要と思われる杢左衛門の軍事技術も、使いようによれば新しい殖産興業に大いに役立てることができる。もしこの杢左衛門の中に潜むそうした才能を見抜いて、うまく活用できる主君がいたなら、これから述べる杢左衛門の悲劇は生じなかったであろう。だが賢君とは言い条、新太郎少将は、あまりにも目端《めはし》が利き過ぎ、眼前のことのみに心が奪われ、彼の本当の才能を見抜く眼力がなかった。

「のう杢左衛門、家中古参の者の手前もある。これまでの俸禄で辛抱せぬか?」

追いつめた獲物に、止めの一撃ともいうべき非情な言葉であった。五年前の約束もあり、杢左衛門はこの主君にこれとは違った言葉を期待していた。なんのための、この五年間の辛抱だったのか……だが杢左衛門はこの賭《かけ》に破れた。といって、もはやあとには引けない。彼は血を吐くような思いで言った。

「くふうの道を……それがし、半生をかけて会得した軍学に、くふうの道筋をつけ、これを世に広めとう存じます」

「なに、くふうの道とな?」

万感の思いをこめ、腹の底からしぼり出すようにしていう杢左衛門の言葉に、新太郎少将は、そのくふうの道が如何なるものであるかを聞きもせず、得たりやおうとばかり、たたみかけた。

「その方、これから何処へも仕官せず、ひとり工夫の道に精進すると申すか……さても殊勝な心掛けじゃ。その旨、余からもほかの大名諸侯に吹聴しておこう。そうすればその方、余念なく、その工夫の道に精進することができるであろうからのう」

なんと、それはとりもなおさず、杢左衛門が最も恐れていた武家奉公構《ぶけほうこうかま》いの宣言にほかならぬではないか……武家奉公構いとは、大名が不実な行為のあった家臣を放逐し、他家への奉公を一切禁じてしまう、苛酷な制裁である。いかに彼がこれから工夫の道に精進しようとも、彼にはその工夫を生かすべき再就職の道は永久に断たれてしまうことになるではないか。

思ってもみなかった意外な結果に、杢左衛門は悄然《しょうぜん》として御前から退出した。もしこのとき新太郎少将が杢左衛門にその工夫の道の内容を尋ねていたら、それが軍事技術を殖産興業の振興に応用することと知り、あるいは彼を備前藩にとどめて積極的に活用したであろうが、まことに得難い人材を失ったというべきだった。

二

「あなた、この先、私たちどうなるのでございましょうか？」

灯の消えたような侘住居《わびずまい》であった。杢左衛門夫婦はまだ五歳の息子、杢《もく》の寝顔を見守りながら低い声で話し合っている。もとはといえば、この息子の行く末を案じて、この挙に及んだことであったが……。

「ふむ、諸大名へ奉公構《ほうこうかま》いの回状を送るとあれば、もはやどこへも仕官は叶うまい」

「そ、そんな無体なことが……」

「できるのじゃ、主家を見限った家臣への見せしめじゃ。まんまとあの殿に言質《げんち》を取られてしもうた。迂闊であったわい」

自ら招いた自業自得《じごうじとく》と彼は苦笑した。

「それでもこの四年間余り、随分とあなたはこの備前藩のためにつとめてこられたではありませぬか。少しはお情けというものがあってもよいのではございませんこと？」

「うむ、このわしも島原の軍功で多少思い上がっていたようじゃ、水野の殿様からお誘いがあったとき、素直に従っておけばよかったものを……分《ぶん》に過ぎた望みをもったばかりにこのざまじゃ。大名とは随分と身勝手なものよ」

「まことに……」

「備前池田家へ仕官のとき、わしが新太郎少将様と取り交わした約束事を少将様が一方的に守らなかった故の致仕《ちし》なれば非は少将様にあることになるのに、それをこのたびは先方が仕掛けた罠にはまって、当方の身勝手で自分から暇を願い出るハメに追い込まれてしまった。われながら浅慮であった」

「なぜそのようなことに……」

「位負けというものであろうよ」

「本当のことがわかれば、少将様が世間の物笑いになりますわね」

「そうじゃ、そのため先回りして、諸大名に向けてこの杢左衛門を奉公構いにするのじゃ」

「なんと悪辣な……」

「大名という者はみんなそんなものじゃ。そうでなければ、人を押しのけて世に出ることなどできはせぬ」

「そうでございましょうか？」

備後福山生まれのこの妻女は小首を傾《かし》げた。

「そうなのじゃ。そうして世に出て、権力を確立すると、今度はその秩序を維持するためにいろいろとてだてを講じる。武家奉公構いなどもその一つじゃ」

「でも構いを受けたものは、路頭に迷い、糾合《きゅうごう》して一揆を起こせば、かえって秩序が乱《みだ》されるではありませぬか」

「…………」

しばらくは、しめやかな夫婦の会話もとだえた。

「では、あなたの実家本庄家や御親戚の仕置家老上田玄蕃様にお頼みしても、備後の水野家へはお召し抱えいただけぬのでございましょうか？」

「うむ、構いなしとなるまではのう……」

また、長い沈黙が続いた。

ややあって妻女は袂《たもと》を目に当てて、

「この子は……この杢の行く末はどうなるのでございましょうか？　江戸の巷では、牢人のことを廃《すた》れ者とか素浪人とか申して、物乞いと同じように見ているそうではございませぬか」

と咽《むせ》んだ。

「見苦しいぞ、沢《さわ》、この期《ご》に及んで、取り乱すでない」

眉を上げて叱りはしたものの、杢左衛門も江戸での取沙汰は耳にしている。貧窮の末、譜代筆頭井伊掃部頭《かもんのかみ》の上屋敷門前で、切腹して果てた安芸福島家牢人の噂は、すでにこの備前岡山城下にまで聞こえていた。

（果《は》たして、そうした厳しい世の風波に、この妻はこの先、耐えて行けるであろうか……）

と杢左衛門は不安で心が戦《おのの》いた。

李左衛門が遠縁の娘沢を娶ったのは、彼が備前岡山藩に召し抱えられて間もなくで、長男の李は、その翌年に生まれた。扶持を離れて、かくの如き、牢人となった現在、この先、この沢は、どのようにして李という幼な子を抱えた一家の家計を、やりくりして行くのであろうかと、李左衛門は不安に苛《さいな》まれるのであった。

三

正保元年（一六四四）十月のことである。

杢左衛門は山陽道を東へ、芸州領の備後尾道から葛折《つづらおり》の急峻を登って防地峠《ぼうじとおげ》へ出た。峠には北へ向かう出雲街道の分岐点を挟んで、東西に二本の道標《みちしるべ》が立っており、東側に「従是東《これよりひがし》、福山領」、西側に「従是西《これよりにし》、芸州領」と刻まれていた。すなわち、ここが安芸広島四十二万石と、備後福山十万石の国境《くにざかい》で、広島藩から福山藩への入口である。

杢左衛門は、その防地口にある御番所の前を通り過ぎると、東へ向かう山陽道を、高須《たかす》一里塚のところで脇道へ外《そ》れた。熊笹の向こうは雑木林が続いている。

新太郎少将とのやりとりがあってから二日後、杢左衛門は思い余って、年来私淑していた芸州領三原の妙法寺に虎山《こざん》禅師を訪ねた。岐路に立った人生峠で、これからの行路をどう歩むべきか、教えを乞うためである。

その帰路、海岸沿いの道を尾道まで歩き、芸州領東端の防地口から福山領へ入ったのである。雑木林の茶褐色の下草の中から、不意に雉子《きじ》が飛び立った。

雑木林を抜けると、なだらかな山襞《やまひだ》の起伏が遠くまで続いていた。赤松の群生が午後の陽射《ひざ》しに映えている。後を見返ると、すぐ眼の下に海があった。かすかに潮鳴りが聞こえる。

渺茫とした海原に微風が縮緬皺《ちりめんじわ》を残して通り過ぎた。海の左手に、秋の陽射しを受けて、そそり立つ浦崎の断崖があった。

「ふむ、肥前島原の原城松山丸も、ちょうどあんな風であったな……」

李左衛門は地面に腰を下ろしながら、六年前の二月、肥前島原の原城でくりひろげられたすさまじい攻防の修羅場を脳裏によみがえらせた。

(あれは、寛永十五年の如月《きさらぎ》、月末の二十七日であった……)

この二十七日、肥前島原の大地を震撼させた動乱が、最後の時をむかえようとしたのであった。

寛永十四年十月二十九日、肥後天草の切支丹《きりしたん》宗徒が蜂起した。首領は十六歳の少年天草四郎時貞で、総勢三万七千といわれる。

蜂起した切支丹宗徒は、口々《くちぐち》に、

「天人天下りなされ候て、ゼンチョ（他宗門）どもを火のスイチョ（苛責）なされ候。何人たりともキリシタンになり候はば、おゆるしなさるべく候と信じ、キリシタンになり候者のほかは、デウスさまよりのお定めにてインヘルノ（地獄）に落とさるべく候」

とサンタマリアを唱え、よろめきながらも武器を握りかざして幕府軍に刃向かった。

十三万人という大軍に原古城《はるのこじょう》を十重二十重《とえはたえ》に包囲されて、万に一つの勝ち目はないと思われたが、天帝（デウス）の救いを信じている彼らには、ズイソ（最後の審判）の時が真近いものと思われた。

やがて、そのズイソで、神を信じない他宗門や背教の転びバテレンたちが、大地を灼き尽くす業火に焼き尽くされて滅び、終には自分たちキリシタンのみが天国のパライソ（楽園）に到着できるのだと信じているのだ。一揆勢は紅顔の美少年天草四郎時貞を、天下りなされたメシア（救世主）と信じ、ひたすら神の御加護と奇跡とを祈って、マルチリ（殉教）の道に突き進んだ。

（わしが駆けつけたのは、そんなバテレンの者たちが蜂起して原城にたてこもった次の年であった。わしは直ぐさま先手の天草城主寺沢兵庫頭堅高殿の軍勢に繰り込まれ、総攻撃軍の先頭に立った）

李左衛門は、戦いの修羅場を回想していた。

（そうじゃ、あのときは、わしと同じように主家の滅亡によって扶持を失った牢人たちが、日本六十余州のあちらからもこちらからも押しかけて、おのがじし手柄を立てんものと、てぐすね引いて諸大名の軍に陣借りしたものであった。それほどに国中の牢人たちは、あの戦に主取りの最後の望みをかけておった）

次から次へと新手《あらて》を繰り込み、十三万余人にもふくれ上がった幕府軍にひきかえ、孤立した一揆軍三万七千七百は、食糧も底をついて食べる物が無くなり、餓死寸前の状態となっていた。空腹にたえかねた籠城の老若男女は夜中こっそり城から抜け出して海岸に行き、海藻を拾い集めて、食べていたが、そうした行動が三日ほど続いたあと、二十一日になって一揆の籠城軍は三方から包囲軍へ向けて最後の夜襲をかけた。

撃退されて城へ逃げ帰った一揆勢の遺棄死体は二百九十余名であったが、幕府軍にも七十五名の死者と二百七十二人の負傷者が出た。

この戦闘のあと、征討上使の老中松平信綱は、一揆勢の遺棄死体を収容して、その腹を割《さ》き、胃袋の中にもはや穀物らしき物が何もないことをたしかめて、このあと籠城した一揆勢には戦う体力が残っていないことを確信した。そして、とどめの総攻撃をかけるのは今だと決心し、諸将を召集して攻撃命令を発した。このとき信綱は二月二十六日を総攻撃の期日と定めたが、生憎《あいにく》とその日は朝から暴風雨で決行が不可能となり、改めて軍議をやり直さなければならなかった。

軍議の結果《けっか》、総攻撃は二十八日と決定し、刻限は卯の刻と定まった。

だが、実際に攻撃が始まったのは、一日早い二十七日であった。これは先陣の功をあせった肥前の佐賀鍋島《なべしま》勢が軍令を無視して二十七日の早朝から城に向かって大砲を撃ちかけ、抜け駈けを行ったからだ。すると包囲軍の諸将も、彼に先陣を奪われてなるものかと、我先にと敵陣めがけて進撃を始めたから、総司令官もやむを得ずこれを追認せざるを得なかった。

激しい死闘が続いた。

凄惨な地獄図絵《づえ》がくりひろげられた。

そして、その地獄図絵の先頭には、いつも逸《はや》り立つ牢人たちがいた。

杢左衛門もその一人であった。彼は情容赦もなく、血刀を振るい、槍をしごいて、飢えと病で抗《あらが》う力をなくした一揆勢を片っ端から殺戮《さつりく》した。ここ十数年来、その道一筋に研《みが》いてきた己の武技が、ここで試されているという自負があり、いくら殺戮を重ねようと、少しも良心の呵責《かしゃく》はなかった。

「備後牢人本庄杢左衛門重政、先陣第一の武功。敵の首級をあげること四十有余」

これは江戸幕府が発行した島原軍忠状の公式記録である。

たしかにこの島原一揆は『徳川実記』にキリシタン一揆と記され、その指導者は、キリシタン大名小西行長の遺臣で、大矢野松右衛門、千束《ちづか》善右衛門、大江深右衛門、山《やま》善右衛門、森宗意の五人が主謀者で、しかもキリシタンであった。だがその実態は、彼らが、肥前島原藩主松倉勝家や肥後天草の領主寺沢堅高の圧政と苛酷な収奪に耐えかねて決起した農民たちを、大矢野村庄屋益田甚兵衛の子四郎時貞を首領として組織した農民一揆であった。それを、圧政者たちは、自分たちの失政を隠蔽するために、御制禁のキリシタンたちの一揆と粉飾して幕府に報告したものだから、驚いた幕府はこれを御政道をゆるがすキリシタン一揆と銘打って討伐に乗り出したのであった。

すなわち島原のキリシタン一揆とは、重税と圧政に喘ぐ農民たちが、このまま座して死を待つよりはと立ち上がり、これをキリシタン牢人が天草四郎を首領とするコンフラリアに組織した農民一揆であった。しかし、討伐軍に参加した杢左衛門たち牢人衆がこれに気付いたときには、もう矢は弦《つる》を離れて、「思えば罪なことをしたものであった」と後悔しても、後の祭りであった。

杢左衛門は思う。

「考えてみると、あれは幕府が仕組んだ肥後と肥前の牢人狩りであった。天草や島原の百姓たちが彼らに従ったのは、島原・天草両領主の苛斂誅求からのがれるための、やむを得ぬ選択であった。それを牢人たちが強力な戦闘集団に仕立てるため、キリシタンの信者団体であるコンフラリアに結集させたのだ。それとも知らで、わしらは、情け容赦もなく、罪もない百姓の女子供まで殺戮してしまった。まことに慙愧《ざんき》にたえぬ」

李左衛門は、眼前に広がる尾道水道と東端にそそり立つ浦崎の断崖を、一揆の百姓たちが拠っていた原の古城の景観と重ね合わせながら回想し、そうつぶやいた。

はるか燧灘《ひうちなだ》の海の向こうに、四国の連山が紫雲《しうん》を被《かぶ》って綺麗に見える。見上げる天空を流れる白雲は、北に向かって雲脚《くもあし》を速めていた。

李左衛門は、裁《た》っ着《つ》けの土埃《つちぼこり》を払いながら、ゆっくりと立ち上がった。

四

本庄杢左衛門重政は、父の重紹《しげあき》が天正十六年（一五八七）に肥後隈本《くまもと》太守佐々《さっさ》陸奥守《むつのかみ》成政が改易されて流浪中、尾張国で生まれた。父の重紹が禄を失ったのは、なにもその身に科《とが》があったわけではなく、肥後隈本城主であった主君成政が、領国内で起こった国人一揆の失政を咎められ、関白秀吉から切腹を命じられて改易されたからである。

その後重紹は運よく三河の刈屋《かりや》で三万石城主水野勝成に拾われ、主君日向守勝成の移封に従って大和郡山、備後福山と転々移住し、十万石の福山藩で普請奉行をつとめた。家禄は二百五十石であった。

だが、幼い頃から大志を抱き、一軍の武将を夢みていた嫡子の杢左衛門重政は、とてもこの家禄では満足できず、家督を弟の重幸に譲って軍学修業の旅に出た。

江戸で軍学者小幡景憲《かげのり》について兵学を学ぶとともに、当世流行の新兵器である石火矢《いしびや》の砲術を修得した。彼はそれをさらに工夫して独自の流派を生み出すほどになり、それを彼は本庄流と名づけた。

小幡《おばた》門下で机を並べた武士に、播州赤穂城主浅野長直の家臣で、のちに城代家老となった大名頼母《たのも》がいた。彼は播州赤穂浪士の頭領大石内蔵助良雄《くらのすけよしたか》の父である。この頼母は重政と親友になり、重政の野心鬱勃《うつぼつ》たるを知って、なんとかして自藩の浅野家へ仕官させようと思い、主君浅野長直に彼を推薦したが、五万三千石の小藩では禄千石を望む彼の望みを叶えることができず、斡旋は不調に終わった。

小幡景憲の下で修業を終えた彼は、諸国をめぐり歩いた。修得した兵学と砲術を売り物に、諸大名に拝謁して仕官を願い出るのである。希望の石高は千石であった。だが、この条件ではどこにも仕官の口はなかった。彼が江戸で軍学修業に専心しているうちに世の中は大きく変わっていた。元和偃武によって世の中にこれという戦乱もなく、太平がうち続き、軍学や武芸だけを売り物に、仕官の口を求めることなど、烏滸《おこ》の沙汰《さた》となりつつあったからだ。

杢左衛門は焦った。

禄千石で仕官するという夢を果たさぬうちは、死んでも死にきれぬ思いであった。痩狗《やせいぬ》のように眼を血走らせ、足を棒にして東奔西走、これはと思う大名の領国を歩き回ったが、その途中で、耳にしたのが寛永十四年秋のこの島原の乱であった。

彼は欣喜《きんき》として戦陣に馳せ参じ、天草城主寺沢兵庫頭の手に属した。同じ戦場で杢左衛門は作州牢人で不世出の剣豪宮本武蔵に出会った。この武蔵にして今なお正式な主取りは出来ず、養子伊織が仕える主君小笠原忠真の依頼で、豊前中津藩主小笠原長次の軍監として従軍していた。また、三河武士として有名な鈴木正三にも出会ったが、この正三でさえ、大坂夏の陣で抜群の武功を上げながらも、上司と衝突して主家を飛び出したのはよいが、その後はどこへも仕官することが叶わず、今は浪々の身であった。

そして、この島原の乱のあと、やっと杢左衛門にも仕官の機会がおとずれた。前述のような次第で、備前岡山三十一万五千石の池田家にである。国の便りで、同じ島原の陣中にいた宮本武蔵も、寛永十七年に肥後熊本藩主細川忠利に客分として招かれ、大組頭格三百石の扶持を得たという。

李左衛門が仕官した備前藩の池田家は、二代前の三左衛門輝政が徳川家康の娘を後妻にむかえた縁故で、急速に立身した出来星《できぼし》大名である。したがって、譜代の家臣だけでは間に合わず、多数の牢人を急遽拾い上げて召し抱えた。そのほとんどは光政の先代宮内少輔《くないのしょう》忠雄の時代だが、その余燼が残って、新太郎少将光政の時代になっても、なお、武芸に秀でた者が何人か召し抱えられた。李左衛門は前に述べたような経緯もあったがその一人で、仕官が叶った翌年に妻帯して、やっと落ち着き先を得たのであった。

だが、五年後の正保元年の秋、その平安は泡沫《うたかた》の如く消えた。

「折角苦心して得た主取りであったものを……」

李左衛門の心は空しかった。今日、こうして妙法寺に虎山和尚を訪ねたのも、そうした心の空しさを、なんとかして埋めたいという思いからであった。もとよりそうした空しさは、禄千石を賭けた夢が破れた幻滅の悲哀であったが、それと同時に、彼にはあの島原の戦場で、一揆軍と対陣中に兆した人生への懐疑があった。あの一揆軍の鎮圧によって、捕えられた農民たちはことごとく斬首されて、梟首されたが、鎮圧した幕府軍でもまた、島原藩主の松倉勝家が失政の責を問われて改易の上斬首され、肥前国唐津藩主の寺沢兵庫頭堅高もまた、肥後国天草郡四万石の所領を召し上げられてこれを恥じ、自ら屠腹した。

この夏、杢左衛門は、思いがけなく島原の陣中で行《こう》を共にした鈴木正三の訪問を受けた。なんと、彼は法衣を纏《まと》っている。

「ほう、これは……どうしたのでござるか？」

と聞くと、

「思うところあり、刀を捨てて出家をいたした。これこの通り、頭を剃った坊主でござる」

といった。

「それはまたいかなるわけでござるか？」

すると、正三は笑いながらこのほど仏門の修行でやっと会得したという近頃流行《はやり》の在家《ざいけ》仏教の法理を説いて、こう答えた。

「杢左衛門殿、お見受けするところ、貴殿の心に平安はないようじゃ。主取りをしたからには、どう足掻《あが》いたところで、貴殿の我儘は通りはせぬ。それが嫌なら、貴殿もどこぞの寺の禅堂にでも入って修行し、僧侶になられては如何か？　そうしなければ心の平安は得られぬよ。拙者もそのことがわかったから、こうした修行により、この先の己の進むべき道を見出したのでござる。拙僧はこれより天草へ行き、彼の地の者たちに、士農工商がそれぞれの分に安んじて、その職分を全うすることこそ、仏の御心に叶うことであることを教え諭したいと思うている」

彼はその足で、弟の鈴木重成が代官に任じている天草下島の本渡《ほんと》へ行き、人々に在家仏教の法理を説き、破吉利支丹《はきりしたん》に己の半生を捧げるのだという。

「人にはそれぞれ、生まれながらに、分というものが定められてござる。その分際《ぶんざい》を忘れ、下克上《げこくじょう》にまごう戯言《ざれごと》を口にする吉利支丹どもは御仏の心を知らぬ邪宗門徒《じゃしゅうもんと》じゃ。人々が分に安《やす》んぜずして他を責むることばかりに奔《はし》れば、この世は生きながら地獄になってしまうわい」

と、正三はそんなことを呟きながら、杢左衛門の妻の布施《ふせ》を受けて、肥後天草へ向けて旅立った。

「なあ李左衛門殿、当節の武士の本分は剣ではござらぬぞ。剣は乱を制するのみ。これからの武士の本分は治政すなわち百姓の撫育《ぶいく》でござる。いかにして百姓どもを分に安んぜしむるか……これが当節の武士の本分でござる。ゆめお忘れめさるな」

これが、見送りに出た李左衛門に彼が残した最後の言葉であった。仏教を手段としてキリシタンの根絶をはかる施策は、檀家、寺請《てらうけ》証文、宗旨人別帳の制度として、今や全国的に各村々に根づきつつある。正三は今、そうした幕府の百姓撫育政策の最前線に立って、そのむかし、李左衛門が、武芸をもって仕官栄達の夢を果たそうとして歩んだのと同じ道を、在家仏教の修行僧として下って行ったのであった。

たしかに、鈴木正三のいう通りである。寛永十六年に李左衛門が備前池田家へ仕官してよりこの方、家中の者の彼を見る眼は冷たかった。彼らには、李左衛門が得《え》体《たい》の知れぬ牢人者としてしか映らなかった。いくら軍学と砲術の奥儀を極めているとはいえ、たかが農民一揆に過ぎぬ島原の乱で手柄を立てたくらいで、譜代の家中を尻目に禄千石を所望したと聞いては、心中穏やかではない。それも、彼が会得した特技で藩政に寄与しているというのならともかく、これといって格別なはたらきもしていない彼に禄千石を与えるなど烏滸《おこ》の沙汰だ。

「なにごとも釣合いが大切でございます。人に妬《ねた》み心が起こるのは、自分たちと、さして立場も働きも違わぬ者が、優遇されたときでございます。もしそのようなことをなされば、治に居て乱を招くようなものでございます。到底我らには納得ができませぬ」

と、こう藩の重役たちは新太郎少将に進言して、杢左衛門の複雑な心のうちの悩みなど忖度《そんたく》してみようともしなかった。まさに鈴木正三のいうごとく、杢左衛門の極めた特技を必要とする、剣の時代は、もうとっくに過ぎてしまっていたのである。

「いっそのこと、このおれも、正三のように、虎山和尚に弟子入りして僧侶にでもなるか……」

杢左衛門は自嘲しながら、妻の沢にも行く先を告げず家を出て、昨日こうして三原の妙法寺に虎山和尚を訪ねたのであった。

ところが、その虎山も杢左衛門の繰り言には、ただ笑っただけで、なんとも答えなかった。

この虎山が住持をつとめる妙法寺は、臨済宗の高僧嘯岳鼎虎《しゅうがくていこ》が初代住持となっていた名刹《めいさつ》で、この鼎虎は安芸国吉田に毛利元就の導師となって菩提寺洞春寺を開基している。虎山はその鼎虎の高弟であるから傑僧であるにちがいないが、杢左衛門の問いかけに対しては何も答えなかった。彼は杢左衛門の自我があまりに強過ぎることに危惧の念を抱いたのだ。どうしてもその彼に自尊心を捨てさせねばならぬ。人間己《おのれ》ひとりの力で生きるにあらず。生かされて生きていることを自覚させねばならぬ。それが分からねば、何をいっても、この男の心に平安はおとずれぬと、そう思って虎山は黙して何も語らなかったのだ。

そして、一夜禅堂に一泊して再び備前へ帰って行く杢左衛門の後姿に向かって、ただ一言、「易行道《いぎょうどう》の人は敗壊《はえ》の人なり」と謎めいた言葉を投げかけたのであった。

投げかけられた杢左衛門に、その言葉の意味などわかろうはずがない。

五

土埃《つちぼこり》を払って立ち上がった杢左衛門は、峠を越え、赤松林の続く山道にさしかかった。もう海は見えない。後を見返ると、ついさっきまで中天にあった日輪が赤松林の中に沈んで、沼隈《ぬまくま》の山稜が鉛色に変わっていた。今宵は福山城下西町の生家に泊まるつもりである。急がねば日の暮れぬうちにたどり着けぬかもしれぬ。

風が出て来て脊梁《せきりょう》の松の梢を鳴らし、ふと足下を見ると、草鞋《ぞうり》の下に赤い芽を出しかけた彼岸花《ひがんばな》の叢《くさむら》があった。

「これは……」

と思って後退《あとしざ》る草鞋《わらじ》の裏に、一、二輪、踏まれた花茎《かけい》があった。見渡せば、周囲の樹下は燃える曼珠沙華《まんじゅしゃげ》の海であった。

古来曼珠沙華は死人花《しびとばな》ともいい、一名を彼岸花《ひがんばな》という。縁起の悪い捨《す》て子《ご》花で、秋の彼岸の頃、花茎の頂《いただき》に赤色の花をつける。花被片《はなびら》は六個で強くそり返り、雄しべは長く目立っているので、美しくはあるが、どぎつくもある。鱗茎《りんけい》は有毒なので、子供たちは嫌《きら》ってこれを手折ることはない。自然のまま墓地に咲けば、それなりに死者の手向け花として香華《こうげ》に役立つ。多年草で、田の縁《へり》や川岸に群生して晩秋に風《ふ》情《ぜい》を添えるが、このように山中の松林の中に繁茂することは珍しい。

つい目を奪われて杢左衛門は佇み、しばらく凝視《ぎょうし》するうちに、これまで脳裏の片隅に追いやられていた疑念が再び頭をもたげた。

「敗壊《はえ》の……」

今朝ほど三原の妙法寺で虎山和尚から投げかけられた「十住毘婆沙論《じゅうじゅうびばしゃろん》」の法語である。

「易行道の人は敗壊の人なり」

杢左衛門は林の中に足を踏み入れて、咲き誇る花茎の一本を手折《たお》って手にした。手折った傷口から、白い乳液が滲み出て、足下に滴《ち》った。

「たしかに、この鱗茎の乳液は毒だが、使いようによっては薬用にもなる……」

呟きながら彼は、今朝虎山和尚から授かった法語の意味を考えてみた。

(易行道《いぎょうどう》とは難行道《なんぎょうどう》に対比する法語である。難行道が他力に頼らずして自力による修行をもって悟りに到達するのに対して、易行道はただ彌陀《みだ》の名を一心に唱え、念仏によって極楽往生できることをいう。これは浄土教の思想であり、禅宗の僧侶である虎山和尚が、なぜ、自分にこうした安易な行法を指針として投げかけたのであろうか、思うにこれは、この杢左衛門が師の下で修行して仏弟子になりたいというのを拒まれ、ほかに活路を求めよと教えられたのにほかならぬ。すなわち、師はこれまで他力に頼ることなく、すべてを自分の力で切り開いて来た、この杢左衛門の生き方に危惧の念を抱かれたからで、「なぜお前はそのときに、新太郎少将殿に、ありのままの自分をさらけ出して、救いを求めようとしなかったのか」と仰せられているのにほかならぬ。そして、「杢左衛門よ、これからはこれまでのような自我を捨て、仏にすがり、敗壊《はえ》の自覚に立つことによって、他に救いを求めよ。決してこれを恥じてはならぬ。そうすれば自ずと道は開ける」と、そう師は仰せられているのではないのか……)

と、そこまで思念が及んだとき、李左衛門は豁然《かつぜん》として、目の前が明るくなったような気がした。

（そうだ。おれは今まで、師が仰せられているように、己の力を過信し過ぎた。自分が生かされて生きていることを知らなかった。これからは敗壊《はえ》の自覚をもち、他力に頼ることを恥じてはならぬのだ）

と、李左衛門がそう思ったとき、彼は自分の背後に迫る殺気のようなものを感じた。袖の下を一陣の疾風が吹き抜けて、遠くで松永湾の海鳴りが聞こえた。

「囲まれたな」

長年にわたって鍛えあげた武芸者の第六感である。振りかえると、背後の尾花《おばな》がさわと戦《そよ》ぎ、鈍《にび》色の武器の先端が見えた。李左衛門は咄嗟に身構えて、手を刀の柄《つか》にかけた。

〝待て、その鯉口《こいぐち》、人を斬るために切ってはならぬ！〟

天空から稲妻のような戒めの声が下った。

（そうだ。抜いてはならぬ。殺戮は餓鬼道と知って、自ら定めた戒律ではなかったのか……)

と李左衛門は握った柄から手を離した。

前方の草むらの中に、細いけもの道が続いている。彼は静かに数歩前に歩むと、ぱっと身をひるがえして、そのけもの道に飛び込む。背を屈《かが》めて突っ走る。すると、行く手の林の中から黒い人影が一斉に立ち上がった。

背後の尾花《おばな》原からは得物を手にした伏兵が、前方の林の中からは黒装束の曲者《くせもの》だ。李左衛門は、自分が完全に包囲されたことを知った。

「何者だ、正体を見せよ」

李左衛門が叫ぶと、黒頭巾と黒衣を身に纏《まと》った不敵な面構えが、目の前に並んだ。噂に聞いていた芸備のくにざかいに巣くう野盗の類《たぐ》いである。

「何が所望なのじゃ?」

李左衛門が問うと、返事のかわりは、周囲から飛礫《つぶて》が飛んだ。

「申せ、金子《きんす》なら少しはある」

懐に手をやったが、投石はさらに激しくなった。

再びけもの道を走ったが、その道はすぐに尽きて雑木林の中に消えている。林の梢がヒューと風に鳴り、甲高《かんだか》い女の声が混じった。

「逃がすな、囲め！」

女は手下の野盗たちに命じた。

杢左衛門は赤松の群生する森の茂みに追い込まれた。不覚にも、彼は敵の仕掛けた罠にはまったのである。

杢左衛門は仕方なく足をとめて後を見返った。追跡して来た黒装束の者たちは、すぐ目と鼻の先にいる。（もはや戦うしかない）と観念して身構えたとき、先頭を来る曲者《くせもの》の息杖《いきづえ》が飛んで来た。ひらりと体を代わしざま、鉄扇でその曲者の利腕《ききうで》を叩いた。体を沈めて次の敵を肩越しに飛ばし、素早く敵が投げた息杖を拾い上げた。彼が手にした息杖は空《くう》を切って鋭く唸り、瞬く間に数人を叩き伏せた。手強《てごわ》いと見た曲者たちは周囲に散った。今度は杢左衛門を遠巻きにして、木の間がくれに投石を始めた。杢左衛門を囲んだ輪は、じりっじりっと移動して、彼を森の奥深くへと誘導して行く。

「いい加減に悪足掻《わるあが》きはやめたがよかろう」

背後で澄んだ女の声がした。見返ると、はち切れるばかりの若やいだ姿態を紺絣《こんがすり》の筒袖《つつそで》に包んだ女が、腕を組んで立っている。冷やかな笑みを双頬に浮べながら……。

「なにしに理不尽な……刀を抜かぬが慈悲と思うて立ち去るがよい」

「慈悲などと……ほほほほほ」

女は嘲笑した。

「見るがよい。もはや汝《うぬ》の逃げ道など、どこにもないのじゃ」

どうやら、のっぴきならぬ羽目《はめ》に追いこまれたらしい。だが、こんなことくらいで音《ね》を上げる本庄杢左衛門ではない。彼はギラリと大刀を抜き放った。降りかかる火の粉は払わねばならぬ。この期に及んでようやく杢左衛門は殺戮を決意した。

「おぬしたち、手向かう者はすべて斬る」

と両眼をかっと見開き、体を身構えたとき、ぱっとその眼中に白い粉が飛び込んできた。目潰しである。

「しまった！」

と思い、夢中で大刀を打ち振ったが、すべては闇の中である。もはや抗《あらが》うすべはなかった。

「ほほほほほ」

すぐ近くで、女の笑う声がした。

「命まで取ろうとはいわぬ。わたしと一緒に来るがよい」

「一緒に来いと……どうするのじゃ？」

「わたしらは無益な殺生をする野盗ではない。ついてくればわかる」

女が答えた。

「一緒に来るか、それともこのままここで死ぬか、どちらじゃ」

「…………」

李左衛門は、返事のかわりに、抜いた刀を鞘に収めた。

曲者たちは、李左衛門を取り囲んで、山の奥へと歩いた。山頂に登りつめて、けわしい坂道を下ったとき、谷間を流れるせせらぎの音が聞こえた。

歩いているうちに李左衛門の網膜に、かすかな光と影が映り始めた。森の茂みを抜けたところで、ぼんやりとした影像が映り、数軒の山小屋が並んで見えた。

「さあ、ここがわたしらの住処《すみか》じゃ。よく目を開けて見るがよい」

と女がいった。

六

「お頭《かしら》、役に立つ剣の使い手のように思えますが……」

「なあに、侍などと、こけおどしよ。試してみねば、その腕前は分からぬ」

女の声が世故《せこ》に長けた老人の声と変わった。声に続いて、悠然と山小屋の中から姿をあらわしたのは、熊皮の袖無《そでな》しを着て、腰に大刀の反《そ》りをうたせた彼らの頭目であった。

髯面《ひげづら》がにたりと笑って、捕えた男の顔をまともに見据えた。ギラリと大刀の鞘を払ったのは、捕えた獲物の剣の腕を試すつもりのようである。

しかとは見えぬが、相当の剣の使い手のようである。杢左衛門も静かに刀を抜いた。白刃を右頬に寄せて八双《はっそう》の構えをとり、心眼を懲《こ》らした。目潰しをくった両眼は未《ま》だはっきりとは見えぬ。だが心眼をひらけば敵の動きが分かる。大気の動くところ敵の刃《やいば》がある。殺気が動いた瞬間、その手元に飛び込み、大刀ごと身体をぶっつければ、勝負は一瞬にして決まる。そう心に念じて、杢左衛門は、じっと相手の剣の動きを待った。

相手は動かぬ。動かぬ以上、自分も動けぬ。息づまるような時が、刻一刻と流れた。けれども、奇妙なことに敵の殺気が少しも感じられぬ。どうしたことか……。

「おお、おぬし、やはり杢左衛門ではないのか」

と殺気のかわりに声が動いた。

「なに？」

杢左衛門は驚いて、あらためて両眼を見開き、正面に相対した髯面を見た。

「やや、おぬし、肥前島原の陣にいた……」

「そうよ、やっと気付いたか……源兵衛よ。ほれ、芸州広島の福島家を牢人いたした津々木の源兵衛じゃ」

「おお、源兵衛、おぬしか」

「なつかしいのう」

「一別以来じゃ」

　とあい擁し、互いに久闊《きゅうかつ》を叙《じょ》した。

「杢左衛門、おぬしあいかわらず、剣の冴えは衰えておらぬのう」

「おぬしこそ……じゃが……」

　と杢左衛門は口ごもりながら、

「あの剣の達人源兵衛ともあろう者が、何でまたこのような……」

「野盗の群に」と続けようとして、先刻の女の言葉を思い出して、言葉をにごした。

「うん、言うても詮《せん》のないことよのう」

　源兵衛は答えをはぐらかして淋しく笑った。

「それよりおぬし、備前の池田家へ仕官したと聞いたが、その後息災《そくさい》か？」

「…………」

　今度は杢左衛門が沈黙した。

「そうか……お互いに言うても詮ない過去を背負う身のようじゃのう」

　と源兵衛は、天を仰いで空虚《うつろ》に笑った。

津々木源兵衛は、元和五年に幕府によって改易された芸州広島藩主福島左衛門大夫正則の家臣であった。正則が城郭無断修覆の廉で領地を没収され、信州川中島へ左遷されると、源兵衛は祿を失って諸国を流浪した。

源兵衛と李左衛門との出会いは異様である。

肥前島原の乱のときであった。寛永十五年（一六三八）二月二十七日、幕府追討軍による原城への総攻撃が始まり、李左衛門が松山丸の城壁を攀じ登り、危険を冒しながらやっとの思いで城内に侵入したとき、物見櫓の階下の物置の中で、かすかな赤ん坊の泣き声がした。敵が潜んでいるのかと中を覗くと、寄せ手の鎧武者が一人、女の躰の上に覆いかぶさっている。赤ん坊は組み敷かれた女と鎧武者との間で泣いているのだ。

「はても粋狂な……」

と思うより、李左衛門の胸に激しい怒りがこみあげてきた。李左衛門は荒々しく踏み込むと、鎧武者の背中めがけて槍を突き立てた。

「む……」

鎧武者はわずかに体をずらして槍の穂先を躱《かわ》したが、その弾《はず》みで赤ん坊が火のつくような泣き声を上げた。

「無体な、何をする！」

鎧武者は赤ん坊を左の腕に抱き、右手で血刀を構えた。髯面の目玉が喰いつくように李左衛門を睨《ね》めつけている。組み敷かれた女の裾がわずかに乱れていたが、李左衛門が頭に描いていた狼藉ではなかった。女は死骸《むくろ》となって横たわっていたのだ。

「すまん、目違いじゃ。許せ」

男は李左衛門の槍先を外《はず》して頭を上げたが、実はその髯面の武者が源兵衛だったのである。

「おぬし、あの赤ん坊を今でも育てているのか？」

「いや、死んだわさ。飢えて骸《むくろ》となった女の腹から生まれた子供じゃ。育つわけがない」

源兵衛は吐き捨てるようにいった。

源兵衛はそのあと、子供を抱いて戦場を去った。せっかく命をかけて戦って得た功名手柄《こうみょうてがら》がふいになることを知っていながら……源兵衛には、その生まれたばかりの赤ん坊までが一揆の片割れだとして斬首されると聞いて、可哀想で見殺しにはできなかったのである。

源兵衛とは、そんな情《じょう》の深い男だったのである。

「おぬし、その娘御《むすめご》は？」

杢左衛門は、これまで自分を苦しめてきた女頭目の方を指さした。

「おれの実の娘よ。奈美という。あの戦いで、おれがあんな気持になったのも、故郷に残したこの奈美が生まれたときの顔が瞼に浮んだからよ……」

「で、お内儀は？」

「死んだ。おれが仕官の口を求めて諸国を流浪中、落魄《らくはく》の末に亡くなった。餓死同然であったそうな……あの、原城松山丸の女どものようにな……」

津々木源兵衛は続けた。

「妻が亡くなったのは、この安芸と備後の国境《くにざかい》であった。妻は安芸広島から親戚を頼って上方《かみがた》へ旅する途中、この防地峠を通りかかったところで、野伏せりの者たちに襲われ、妻は犯され、娘は拉致《らち》された……と、そうおれは土地の百姓たちから聞かされた。そこで島原から帰って来たおれは、拉致された娘を奪い返し、犯されて殺された妻の恨みを晴らすべく、奴らの行方をさがして遂にその隠れ里を突きとめた。忍び込んでじっと復讐の機会をうかがっていたところ、日暮れになって奴らが帰って来た。おれはすぐにも飛びかかって奴らを皆殺しにしようとしたのだったが、そのときおれは不思議な光景を目撃して、自分の眼を疑った。なんと頭目らしい髭面の大男におれの娘が嬉々として慕い、男も娘に頬ずりをしているではないか。そこでおれはためらい、しばらく様子を見ることにした……」

たとえかどわかされたにせよ、こうしてわが娘に慕われ、娘を可愛がっているこの男と、父親でありながらその娘を捨てて、何年もかえりみないこのおれと、どちらが本当の父親といえるのかと、この源兵衛は迷ったというのだ。

「そうして夜になって、おれは昼間に見たあの光景に、さらに輪をかけた奇妙な光景を目の当《ま》たりにした。その夜、幾人かの女たちもまじえて、あの者たちの和気藹藹とした話し声が続き、その中にわが娘の楽し気な歌声が聞こえたのだ。そのためおれは、本当にあの娘は、奴らに拉致されたのだろうかと疑念をもった。それゆえ、おれは朝になって、奴らの油断を見澄まし、一人の野伏せりを捕え、尋問した。そしてその男の口から本当のことを聞くことができた。すなわち、妻は彼らに犯されたのではなく、旅の途中で食に窮し、飢えて病に伏せ、村外れの地蔵堂の中に臥せて呻吟していたところを、通りかかった野伏せりたちに助けられたというのだ。おれの妻と娘は彼らに救い出されて彼らの住処《すみか》へ運び込まれ、暖かい食べ物を与えられて妻は看病されたが、その介抱の甲斐もなく妻はみまかり、孤児となった娘が、ああして皆から可愛がられて仕合わせに暮らしているというのだった。おれはこれを聞いて愕然とした。いかに世間の噂がたよりなく、嘘と偏見に満ちたものであるということが分かったからだ」

源兵衛はそう語ったあと、彼がなぜ彼ら野伏せりの仲間に入って、彼らから首領と仰がれる身になったかを、腹蔵なく李左衛門に話して聞かせた。世間が恐れ、蔑《さげす》み、毛嫌いしている彼ら野伏せりだが、その中に入って見れば、そこに素朴な人間愛があり、弱者をいたわる人間の真心があったというのだ。そして彼は、望まれるままに、この仲間に居着《いつ》いたというわけである。

「どうだ、李左衛門、権力志向型の人間であるおぬしには、このおれの気持などわかりはしないであろう」

語り終わって源兵衛は李左衛門の顔を直視したが、李左衛門はこれに反駁すべき言葉が、一語《ひとこと》も見つからなかった。まさに源兵衛のいう通りだったからである。李左衛門も同じように世間を渡り歩いて、そうした事例には度々遭遇している。ありきたりの社会的通念は、虚飾と偏見に満ち満ちている。

「母上を殺したのは、武家の非情な掟じゃ。わたしは侍の世の中が憎い」

側で娘の奈美が、憎悪をこめて呟いた。

「のう、李左衛門、改易、武家奉公構いなどと、侍の世には煩わしいことが多過ぎるのう。そうは思わないか」

「じゃというて、おぬし、わしらが今更何をして生きて行く？」

「侍の世を潰すのじゃ。年貢を取らぬ世の中をつくる……」

すかさず、奈美が答えた。

「百姓たちに交じって、わたしらも働く。働いて得た物をわたしたち仲間うちで分け合う。働かぬ者には渡さぬ」

奈美は続けた。

「渡さぬというても、侍たちが腕ずくで取り立てに来ようが……」

「じゃからおれたちも腕の立つ者を集めているのじゃ。腕ずくで来るなら腕ずくで阻止する」

「ならば侍の世の中と同じことになろう」

李左衛門が笑った。

「違う。今の侍の世界は侍が主人じゃが、わたしらの世の中は、侍がただの雇い人よ」

「雇い人でも、強くなれば主人顔をするぞ。それにおぬしたち、耕す土地はあるのか？」

「今は無い。ですが、人を集めて大きな力となり、そのうち百姓たちを仲間に入れまする」

　奈美が肩を聳やかした。仲間の野武士たちが、小屋の周囲にたむろして、三人のやりとりに聞き耳を立てている。

「その百姓たちが、おぬしたちを何と見ている」

「何と見ている？」

「百姓たちは目先でしか物事を見ない。見すぼらしいおぬしたちを見て、蔑《さげす》み気嫌いしておる」

「なにしに彼らがそのような……おれたちは百姓たちから何も盗ってはおらぬわい」

　と源兵衛は、口を尖らせた。

「いや本当なのだ源兵衛。世間はおぬしたちをただの野盗としか見ていない。そのおぬしたちの言うことなど、なんで聞くものか」

「それは彼らが騙《だま》されているからじゃ」

「そうよ、わたしらが本当のことを教えて、みんなを侍の軛《くびき》から解き放ってやりまする」

奈美の声は、物の怪《け》に取り付かれたようだ。

「莫迦な、その百姓たちが真先かけて刃向こうと来るわ。侍たちがけしかけて矢表に立てるからのう。そうなれば虐げられた者同士が争うことになる。争うて得《とく》をするのは誰じゃ？　そんな見え透いたことが、お前たちにはわからぬか」

「ならばどうせよというのじゃ。このままおれたちに野垂《のたれ》れ死にせよというのか……」

源兵衛が、蓬髪を掻きむしった。

七

源兵衛たちが目論んでいるのは中世の一向一揆がめざしたのと同じ自治共同体であった。遠くは富樫《とがし》の加賀領で長享二年の一揆（一四八八）以来百年余りも続いた加賀一向一揆の共同体。近くは元亀元年（一五七〇）九月から石山本願寺に助成して織田信長に対抗した雑賀一揆の紀州自治共同体。この自治共同体が彼らのめざすくにづくりの理想であった。源兵衛は、李左衛門に首領となってこの共同体をまとめてくれといっているのである。

だが、これは戦国動乱の中世社会においてのみ可能なことで、中央集権の近代国家においては、もはや不可能なことであった。

たしかに彼らは芸備の国境《くにざかい》一帯を居場所として、安芸浅野家と備後水野家の支配の間隙を利用して巧みに逃げまわり、これまでは生きのびてこれたのであったが、両藩が本腰を入れ、共同で鎮圧に乗り出せばどうなるのか……たちまち一網打尽、瞬時にして共同体は崩壊してしまうであろう。まさに稚気《ちき》の企てにほかならぬ。

それでも杢左衛門は、請われるままに両三日をこの野伏せりの山砦《さんさい》で過ごし、自分がこれまで会得した世渡りの知恵を教えながら、源兵衛と彼らの今後の身のふり方を相談した。

このとき杢左衛門は思った。あの防地峠で手にした曼珠沙華の鱗茎《りんけい》から滴り落ちた乳液のことをである。

（曼珠沙華の乳液は有害だが、使いようによっては人体を治癒できる薬ともなる）

そう思いながら彼は、この野伏せりという世の毒を、如何にして世に役立つ薬に転用できるかを考えてみた。

杢左衛門は源兵衛にいった。

「のう津々木殿、このわしに一つの思案がある。力をかしてくれまいか？」

「なに、思案じゃと？　この先、おれたちが野伏せりをせずに生きて行くてだてがほかにあるというのか？　それは一体何じゃ。話によっては乗らぬでもないが……」

この杢左衛門と源兵衛の話のやりとりを、源兵衛の娘奈美が不審顔で聞いていた。

寛永二十年十月五日、備前岡山藩は本庄杢左衛門重政を役儀御免にしたうえ、池田伊賀守、池田佐渡守両家老の名儀で、次のような文書を諸国の大名たちへ配布した。

「本庄杢左衛門儀、御暇遣わされ候。右よりの申し分、奉公の望みにてはこれ無く、くふうの道をひろめ申し度しとの申し様に候間、さだめて御奉公は仕る間敷く思《おぼ》し召され候由候。この旨仰せ渡さるべく候」

いわゆる武家《ぶけ》奉公構《ほうこうかまい》の通告である。

これによって、杢左衛門の播州浅野家へも備後水野家へも仕官の道は絶たれた。

だが、今の杢左衛門にはそんなことは眼中になかった。三原の妙法寺からの帰るさ、備後尾道の防地峠で奇禍《きか》にあい、はからずも肥前島原の乱鎮圧軍の同僚津々木源兵衛にめぐり会った彼は、これまでの栄達や立身出世の望みをかなぐり捨て、いかにして世の毒を薬にかえるかということに頭がいっぱいになっていた。具体的にいえば、彼は芸備の国ざかいに盤踞《ばんきょ》して山陽道を行く通行人と近隣の百姓たちを脅かす野伏せりの害を除いて、それを防地峠の眼下に広がる松永湾の遠浅を埋め立てる干拓の仕事に振り向けようと考えたのである。

目指したのは塩づくりである。若い頃師事した軍学者小幡景憲門下で同門だった播州赤穂の家老大石頼母《たのも》の屋敷に立ち寄った際眼にした、赤穂塩田の牧歌的な沼井《ぬい》の砂盛りと、エブリと浜鍬《はまぐわ》を持って働く日焼けした男たちと、豊饒な塩の山だったのである。

野伏せりから転向した男たちが埋め立てた干拓地を、その赤穂塩田に負けぬような松永塩田に造成することであった。

津々木源兵衛たちの屯《たむろ》するくに境の集落を出た杢左衛門は、その足で山陽道を東へ、芦田川に架かった山手橋を渡って福山城下に入った。福山藩本庄家の家督を譲った弟の重幸を介して、備後福山城主水野日向守勝成に拝謁した。重幸は普請奉行で家禄は二百五十石である。

「おう杢左衛門か、島原の陣屋で別れて以来消息がなかったが、息災であったか？」

杢左衛門が福山の久松城に登城すると、気さくな日向守勝成は相好を崩して喜んだ。

「ははあ、御蔭様にて、身体だけは……」

「なに、身体だけはじゃと。あいも変らず減らず口を叩きおる。で、心の方は如何いたした？」

「病んでおりまする」

「さては、あの新太郎少将の武家奉公構がこたえたものとみゆる。美作守勝俊から聞いたが、当家にも、その回状が到来しておるというぞ」

勝成は島原出陣から凱旋すると、翌寛永十六年八月に江戸へ参勤して九月九日に幕閣へ隠居願いを提出した。閏《うるう》十一月十六日にそれが受理されて、福山へ帰り、今は宗休《そうきゅう》と名乗る隠居の身分である。

「もはや宗休様のお耳にも入《はい》っておりまするか？」

「入らでいか、まだ福山藩の治政のことはこの宗休が取り仕切っておるでのう」

「ならば参上した甲斐がございました」

「じゃが、仕官のことはならぬぞ。法度《はっと》じゃからのう。武者奉公構が出たからには、この宗休とて、どうにもできぬ」

「譜代の鬼日向と恐れられておられます殿様でも、あの新太郎少将には敵《かな》いませぬか」

「申すな、それとこれとは別じゃ。あれは東照神君の定めたもうた定《さだめ》である」

宗休が憤然とした。

「破れませぬか？」

「当たり前じゃ。その方が一介の牢人者の分際で、千石などと法外なことをぬかすからじゃ」

「御意、今は反省しておりまする。ですが、それがし此度《こたび》参上いたしましたるは、そのようなことでござりませぬ」

「なんじゃとその方、この宗休を愚弄いたしおるか。新太郎の名など出しおって……望みがあるなら真っ直ぐ申せ。年寄りは気が短いで」

「はは、有難き仕合わせ。それがし願いの儀と申すはほかでもござりませぬ。御領内松永湾の遠浅の海を干拓することでございます」

「なに、干拓とな。干拓なら城下の葦陽《いよう》湾でも、備中の笠岡湾でも、この日向、すでに着工して造成を終えているわい。これ以上はとても手が回らぬ。普譜奉行の神《かみ》谷治部《やじぶ》が多忙で目を回すわい」

「いや、その干拓とは異なります」

「どう違う？」

「塩浜の造成にござりまする。目下宗休様が御老職の小場《こば》兵左衛門様や御奉行神谷治部殿に御命じになって進めておられるのは新涯地造成のための干拓工事にて、いわば米づくりの増収のため。すなわち、農耕地の干拓にござりまする。ですが、それがしが申しておりまするのは塩づくりの塩田の造成でござる」

「ふむ、塩づくりのう。その方、播州の赤穂にしばらく逗留いたしておったと聞いたが、そのようなことを学んでおったのか？」

「御意、それがしは備前岡山へ仕官する前、赤穂城代大石頼母殿の屋敷に居候して塩田の造成と製塩の技法を学びました」

「なるほど、それで合点いたした。備前からの構《かま》いの書状にくふうの道と書かれていたので、何のことか分からなかったが、そのことであったのか」

「御名察にござりまする」

「塩つくりとはよき思案じゃ。すでに瀬戸内の海の向こうの伊予の新居浜でも、安芸の竹原でも塩田の造成を始めたとの知らせが入っておる。この福山でもやらねばならぬと、美作守に持ち掛けておったところじゃ」

　そういって、宗休は自分の膝を軍扇で叩いた。

八

福山藩の松永湾干拓と松永塩田の造成が始まったのは杢左衛門が備前岡山藩主池田新太郎少将光政から武家奉公構を受けた寛永二十年十月五日の翌年、すなわち正保元年（一六四四）の年央であった。とはいっても当時福山藩では大規模な新涯開発工事が数多く進行中であったので、財政上大きな負担となった。しかも普請奉行や出役は、その方に大童《おおわらわ》で、とても松永湾へ向ける余力はなかった。そこで、武家奉公構いの身とはいえ、本庄杢左衛門が津々木源兵衛以下の野武士集団を率いて、これを差配し監督することになったのである。

それでは、なぜ宗休が、これほどまでに備後福山藩の新涯（新開地）の造成や塩田の開発にこだわったのか……それは鬼日向といわれた水野日向守勝成の、寛永十五年島原出陣での意外な見聞体験があったからである。

前にもちょっとふれたが、水野勝成が七十五歳という高齢でありながら、本州からただ一人、総勢六千三百四十四人の福山藩兵を率いて島原の一揆討伐に出陣したのは、幕府が出陣を命じた九州の諸大名がほとんど戦闘に未経験な算盤武士《そろばんざむらい》ばかりで、打ち続く昌平《しょうへい》に馴れて武将としての心構えをもっていなかったからである。そこで、千軍万馬の古強者《ふるつわもの》である鬼日向に戦争の指南役となって、これら諸将を叱咤激励させるねらいがあった。したがって、彼は戦国武将としての掉尾《とうび》を飾る晴れの舞台と思って勇躍この戦陣に臨んだのであった。だが、原城攻撃の第一線に立ち、島原土着の人々と接触するうちに、この一揆の真因《しんいん》が何であるかを知り愕然としたのであった。

一揆は幕府が恐れたキリシタンの反幕蜂起ではなく、島原、天草領主の長年にわたる領民たちへの非人道的苛斂誅求と迫害に対する農民一揆であることが分かったからである。

（前年改易により移封した有馬直純は、大部分の旧臣たちを有馬に残したが、新たに有馬に封ぜられた新領主松倉重政は、旧臣たちをことごとく率いてお国入りした。そのため先領主の家臣たちはその家禄を奪われ、生活に窮して帰農し、いずれも百姓となった。新来の領主はそうした彼らの旧禄を奪うただけでなく、さらに彼ら及び従来よりの百姓たちに新税を賦課し、彼らが負担し得ざるほどの米穀を年貢として徴収した。もし上納し得ぬ者があれば、日本人の蓑《みの》と称する物を着せ、これを首と体に巻き締め、縄で両手を背後にしかと縛り、しかるのちこの着物に火を付けた。かくして彼らは火傷《やけど》するばかりでなく、中には焼死する者もあった。あるいはその身を強く地に投げつけ、もしくは水中に飛び込んで溺死《できし》する者さえあった。これが蓑踊りと称する刑罰である。この執念深き領主は、また婦女を赤裸《あかはだか》にして両足を縛って逆しまに吊るし、その他種々の仕方でもって彼女らを侮辱した。人民たちは辛うじてこれに耐え忍んだが、その嗣子にして江戸に居住する松倉勝家にいたりては、さらにその上に重税を課したから、坐して餓死を待たんよりも自殺するに如《し》かずと、まず自らその妻子を殺すにいたったのである。)

これは、当時肥前平戸にいたオランダ商館長クーケ・バッケルが、バタビア総督のディーメンにあてた報告書の一節である。

すなわち、一揆がキリシタンの蜂起によるものではなく、領主の苛斂誅求と迫害に起因したものであることを如実《にょじつ》に物語っている。この決起した農民たちを、リーダーであるキリシタン牢人たちが、カトリックの組織であるコンフラリアに結集させたであることがわかる。

老雄勝成はこれを知って唖然とした。これまで一揆勢に向けていた憎悪を領主松倉勝家に向けた。「民は大御宝《おおみたから》と申す。上様（将軍家）は国中の民を天子様より授かり、各藩主はこれを上様からお預りして扶育しなければならぬのに、この苛政は何たる醜態ぞや。百姓をそれぞれ分に応じて安堵せしめるのが領主たちの上様への第一義の御奉公であるのに、これを忘却したる罪、万死に値する」と口を極めて非難したのであった。

この島原一揆は二月二十七日と二十八日の幕府軍総攻撃によって男女合わせて三万七千余の百姓たちが斬首されて幕を閉じ、勝成は三月六日に有馬を離れたが、帰国にあたって彼は、「これからは、戦で手柄を立てるより、領民の仕合わせと民力を養うことに自分の余生を捧げねばならぬ」と肝に銘じ、帰るとすぐさま幕府に隠居願いを出して国政を嫡子の美作守勝俊に委ね、自分は国土の開発と殖産興業に邁進することにしたのであった。

福山城

国土開発の地図を持った水野勝成公

九

備後福山藩十万石の隠居宗休公という力強い後援者を得た本庄杢左衛門重政は、こうして松永湾岸の塩田づくりに邁進することになった。

これは福山藩の塩田造成であるから、責任者には干拓総奉行の小場兵左衛門が任命された。杢左衛門の弟で普請奉行の本庄重幸もこれに協力することになり、城代家老の上田玄蕃《げんば》は人一倍干拓と荒蕪地の開拓に熱心であったから好都合であった。

福山藩の干拓総奉行小場兵左衛門が責任者といっても、塩田の造成は普通の干拓による農地造成とは異なり、特別な技術を要したから、実際の指揮は杢左衛門がとった。そしてその手下となって助けたのが源兵衛配下の牢人集団だった。初め杢左衛門がこの牢人集団の話を持ち出すと、宗休公は「とんでもない」と顔を横に振った。

彼らは芸備両藩のくにざかいの防地峠にたむろして、野伏せりを業としているアウトローである。宗休は早晩彼らを福山藩の大がかりな牢人狩りによって一網打尽にしようと思っていたからである。

だが杢左衛門が、

「そうはおっしゃっても、その牢人退治は一筋縄には参りませぬ。福山藩から追手を向ければ、彼らは広島藩の領内に逃げ込み、広島藩から捕り方がやって来ると、福山の御領内で身を潜めるのですから厄介です。仮に幕府が乗り出して両国境を固めて鎮圧に乗り出しても、あの島原の乱のように、彼らは死に物狂いになって刃向かいます。それに彼らの頭目は島原一揆の討伐で名を馳せた津々木源兵衛ですから……」

というと、宗休もその津々木源兵衛の名は覚えていて、

「うむ、あの源兵衛がのう……哀れな奴じゃ。よし、津々木源兵衛が余に心服して手下の野伏せりどもを手懐《てなず》け、我が福山藩の治政に献身してくれるというのであれば、この宗休にも異存はない。その方が何時か申していた捨《す》て子花《ごばな》の有毒な鱗茎《りんけい》と同じように、猛毒の鳥兜《とりかぶと》の根も処方《しょほう》すれば神経痛やリウマチの薬となる。そういえ

ば、この宗休、近頃神経痛で肩が痛うてならぬ。杢左衛門、何とならぬかのう」

と彼らの過去は問わず、その処遇を杢左衛門に任せてくれることとなった。

こうして、杢左衛門が、防地峠で源兵衛たちに約束した福山藩雇用の話は実現の運びとなったのだが、そうと決まると杢左衛門は、旧知の播州赤穂藩の城代家老大石頼母に書状を書いて使者を走らせ、赤穂塩田のベテラン技術職人両三名を派遣してもらい、これを浜差配として雇い入れることにした。杢左衛門とこの浜差配の指導で、津々木源兵衛麾下の牢人たちが現場監督となって人夫たちを指揮し、工事を推進するのである。

事前の源兵衛の話では、やって来る牢人たちは大勢で、万全の態勢で工事に着手できるということであったが、いざ蓋をあけてみると、予想を裏切り、人数は半分にしか過ぎなかった。

「いやあ済まぬ本庄殿、実は貴殿からあのような話しがあり、拙者はこれを仲間うちの相談にかけたのじゃが、大方の者は賛成してくれて、これで一安心と思っていたところ、あとから娘の奈美の奴が喜兵衛と一緒になってこの決定をくつがえしおった」

「喜兵衛というと、あのとき拙者に目潰しをくわせた手練《てだれ》の若者じゃな」

「そうよ、あの喜兵衛は妙に娘の奈美と馬が合う……というより、奈美があの男に惚れたのよ。それでおれも行く行くは奈美をあの男に添わせてやりたいと思うていたのじゃが、その喜兵衛めは、どうにも世直しの夢が捨て切れぬらしく、とうとう奈美だけでなく、腕の立つ若い者たちを連れて、仲間から抜け出し、上方へ旅立ってしもうたのじゃ」

「なに、上方へ旅立ったと？　したが昨今は牢人払いや武家奉公構で、大名たちの牢人たちへの締め付けが厳しく、主取りなど叶わぬ世の中じゃ。たつきの道が立つまいが……」

「それがのう本庄殿、あとで聞いた話じゃが、生憎《あいにく》あのとき、大坂から喜兵衛たちへ誘いがかかったのよ。貴公もご存知であろうが、島原の陣で一緒であった金井半兵衛と吉田勘右衛門とがのう、あの二人が大坂からわざわざこの芸備境の我らの山塞へやって来て、喜兵衛たちを説得し、若い者たちがその気になったのでござる」

「あの両人が何といって？」

「江戸で由比正雪《ゆいしょうせつ》と申す軍学者が、腕の立つ牢人者を集めているというのじゃ。なんでも江戸牛込の榎町に大きな軍学道場を開いているそうじゃ。貴公は知らぬか？」

「拙者は知らぬが、その正雪とやらは、腕の立つ牢人者を集めて何とするのじゃ？」

「なんでも彼は門弟三千人を擁するという兵法の軍学者とかで、年は四十歳ばかりで眼光が鋭く、背丈は小さいが色白で、総髪の美男子らしい。紀伊大納言頼宣公に取り入って、それを後楯に備前の池田光政公らも引き入れ、世直しを企んでいるとか……」

池田光政の名が出ると李左衛門は嫌な顔をした。

「で、なんで喜兵衛たちが、金井や吉田の誘いにのってその由比の道場へなど入門しに行ったのじゃ？」

「由比道場に入って正雪の門下生となり軍学と剣法を修業すれば、紀伊大納言様の御家中へ推挙してもらえるという、ふれこみなのじゃ」

「なるほど、それで喜兵衛たちが、その口車に乗ったというわけじゃな。じゃが、本当に紀州公があの者たちを召し抱えてくれるのか？」

「それは分からぬが、当節の大名たちはみんなわれら牢人に仕官の門戸を閉ざしているのに、あの紀州公だけはちがって、東照神君の御曹司という毛並みの良さを笠に着て、幕府の御定法などは無視し、どんどん腕に覚えのある牢人たちを召し抱えているそうなのじゃ」

「そうか、それは何のためじゃ？」

「それは分からぬ。じゃが軍学者由比正雪の後楯となって、何かを企んでいるらしいのじゃ」

「…………」

「じゃが、そんなことは一介の草莽《そうもう》たるわれらには関係がござらぬ。とにかくこれによって、拙者の手元に残った者といえば、あまり役立ちそうもない年のひねた男たちばかりになってしもうた。これでは貴殿のお目鏡には叶いそうもないが……」

源兵衛は、自分の背後に控えている十数人の男たちを見返って苦笑した。

「何を申される津々木殿、その方がかえって好都合なのじゃ。なまじ覇気があって侍気質《さむらいかたぎ》の抜けきれぬ者では、その下で働く人夫たちとのあいだで揉め事を起こして面倒なことになる。これこそ天の配剤よ。すぐさまこれから仕事の打ち合わせにかかろうではござらぬか」

と、杢左衛門は一同を笑顔で見回し、松永湾を見はるかす高須の丘に設営された役宅に一同を招じ入れた。

塩田の造成には特技を要する。杢左衛門は播州赤穂から雇い入れた三名のベテラン浜差配と共に毎朝これら現場監督の組頭たちを高須の役宅に集めて、自分が作成した塩田造成絵図面を見ながら、一日の作業分担と作業方法を説明した。得心《とくしん》して組頭たちが、それぞれの自分の持ち場に向かって四散すると、そのあと杢左衛門は赤穂の浜差配とともに日がな一日、足を棒にして工場現場を見回るのだった。

塩浜つくりは農地造成のように、干拓が終われば、すぐさま百姓たちを入れて農作業をさせるというわけにはゆかない。入浜式の塩田は、海岸の干潟《ひがた》を水平に均《なら》してここに溝を作り、潮の干満を利用して海水を導入し、毛細管《もうさいかん》現象によって塩田面に上昇させなければならない。上昇した海水の中から塩分を抽出するが、海水に含まれる塩分量はわずか三・五パーセントにしか過ぎぬ。

堤防を築いて塩田を外海から仕切る作業はともかくとして、塩田地場の造成には、銘銘の勝手な作業は許されない。互いに申し合わせて、現場監督の命令一下、定規で測ったように平準な地場を造成して行かなければならぬ。樋門《ひもん》から海水を導入するための溝造りも、また規格通りの真っ直ぐなものでなければならない。総じて、こうした作業の担当者には算数特に幾何学が得意で、すぐれた平衡感覚の持ち主でなければならない。だからこそ李左衛門はこの塩田造りの現場監督として、これを源兵衛麾下の牢人集団に期待したのであった。武家の出であれば、学問と教養があり飲み込みが早い。

「いいか方々、これからあとは地場の表面に砂を撒いて樋門の溝から入れた海水を、その砂に付着させ、太陽熱と風力とによって蒸発させるだけだ」

李左衛門は、半ば完成に近づいた塩浜の地場を指さしながら、源兵衛たちに、これからの段取りを説明した。

「で、その塩が付着した砂をどうするのでござるか？」

　源兵衛が聞いた。

「塩浜の中に沼井《ぬい》というものをこしらえてのう、濃い海水の付いた砂……これを鹹《かん》砂《しゃ》というのじゃが、この鹹砂を沼井の中に掻き集めて、海水をかけて濃い塩水、これを鹹水というて……拙者らはタレと呼んでおるのじゃが、このタレを塩焚き小屋へ水桶で運んで、大釜の中に入れて煮沸《しゃふつ》し、結晶塩をつくるのじゃ」

「そうなると、今度は釜の塩水を煮立てるために仰山《ぎょうさん》な薪が必要となりまするな」

「さよう、そこで、この高須や防地峠に生い茂る赤松の原生林や雑木が役立つのでござる。今に見ていなさるがよい。お手前方がこれまで根城にしておられた防地峠の森は、木々が切り払われ、新しい農地に生まれ変る」

「…………」

「そうしてのう方々、それほど遠くない日のうちに、眼下に広がるあの塩田で浜子たちが汗水たらして走り回ることになるでござろう。エブリで砂に筋目を立て、日当たりをよくし、水気が無くなったところで、その砂をサラエと浜鍬をもって沼井のあるところへ掻き集めるのでござるよ。きつい仕事じゃが、そのような作業がこれからは、ふんだんに見られるようになるのでござる」

高須の丘の塩田造成役宅からは、沖の備後灘《なだ》と燧灘《ひうち》とをへだてて、遠く四国の連山がよく見える。見上げる空に流れているちぎれ雲は上方《かみがた》の難波《なにわ》をめざすのであろうか……その難波には源兵衛の娘奈美とその連れ合いの喜兵衛がいる。風のたよりでは、その二人のあいだには男児が誕生したという。果たして無事に育っているだろうか……と、源兵衛がそんな思いにかられていると、李左衛門はそうした源兵衛の感傷を吹き飛ばすかのように、「そうなれば源兵衛殿、この高須の丘にも浜子たちの長閑《のどか》な歌声が聞こえてくるというものじゃ」と高らかに笑った。

こうして、李左衛門の主導で始められた松永塩田の造成作業は、着々と進行して、大凡《おおよそ》の塩田が完成して煙火《はなび》が打上げられたのは、着工して二年たった正保三年（一六四六）四月のことであった。この煙火は、李左衛門が苦心して発明した砲術の応用である。

十

備後福山藩主水野美作守勝俊は、こうした本庄杢左衛門の塩田造りの功績を賞し、隠居宗休の助言もあって、杢左衛門の子息杢《もく》に禄五百石を与えた。このとき杢は未だ七歳にしか過ぎぬ。

福山藩二代藩主の水野勝俊が杢左衛門でなく子息の杢に禄五百石を与えたのは、備前の池田光政が出した杢左衛門への武家奉公構のせいである。

こうして、七歳で元服して杢之助重尚と名乗った杢は、高須の屋敷から福山城下の西町へ移り、叔父重幸の後見を受けながら別の本庄家を興すこととなった。その頃から杢左衛門もまた塩田造成の仕事の合間を見て福山城下へ行き、伜杢之助重尚の家に私塾を開いて、福山藩の子弟に軍学を教授した。そのため彼が苦心して会得した本庄流の兵法は、廃《すた》ることなく備後福山の地に根づいた。

それから五年が経過し、慶安四年（このとき李之助十二歳）となった。この年三月十五日隠居の宗休公が他界されたが、その年の晩秋、高須の李左衛門老夫妻の屋敷に思いがけなく源兵衛の娘奈美が姿をあらわした。父親の源兵衛は昨年、その奈美の身を案じながら病死しており、奈美が福山へ帰って来ても、何処にも頼る身寄りはいなかったからである。奈美は父源兵衛が病死したことを知り、悄然としていた。

晩秋とはいえ、すでに初冬に入り、木枯が梢を吹き鳴らす霜月の夜宵け、人目を避けての来訪であった。彼女は七歳くらいの子供を連れていたが、夫の喜兵衛の姿はどこにもなかった。李左衛門はこの奈美の身形《みなり》を見て、これが八年前に別れた瑞《みず》瑞《みず》しい伝法肌《でんぽうはだ》の、あの同じ女かとわが眼を疑った。奈美はそれほどの窶《やつ》れようであった。まさに敗壊《はえ》の人である。若さが微塵《みじん》もなく、ひからびて見るかげもない。肉の削《そ》げ落ちた双頬の間の眼窩《がんか》に、眼光は鋭いが、以前のような輝きはない。

「そなた、随分と難儀な目に遭うたものと見ゆるのう。じゃが、もう心配はいらぬ。ここはわれら老夫婦だけの世帯じゃ。なんの気兼ねもいらぬから遠慮なく、座敷へ上がって疲れを休めるがよい」

「本庄様、申し訳ございませぬ」

彼女の虚《うつ》ろな瞳から、涙の粒が落ちた。

「なんじゃ奈美どの。そなたらしくないぞ。もう少し囲炉裏《いろり》の傍へ寄りなさい。寒かろう」

と側にいる子供に向かって、

「ふむ、利発そうな子じゃのう。そなたの息子か、幾つになる?」

と聞いた。その子は母親奈美の側で、膝頭《ひざがしら》を揃えて、きちんと座っていた。さすがに躾はできている。

「七つでございます。オジャマいたします」

男児は、ませた口調で答えた。

「ほほう……もうそんなに」

と、今度は奈美に向かって、

「父親はたしか喜兵衛とか申されたな。息災か?」

「それが……」

　奈美は、狼狽して涙ぐんだ。

「この子の父親は亡くなりました」

「いつ？」

　驚いて聞きかえすと、

「今年の七月……お聞き及びかとも思いますが、あの駿府や江戸での大騒動のとき」

「おお、あの天下を震撼させた由比正雪の乱じゃな。喜兵衛どのは、あの乱に加わったのか？」

「はい、加わったというより、巻き込まれたという方がようございます。大坂天王寺の自宅にいたところを、幕府の捕り方に踏み込まれて、わたしとこの子の目の前で……」

「殺されたのか？」

「はい、幕吏のお縄にかかるよりはと、戦って斬り死にをいたしました」

「………………」

杢左衛門は絶句して、死者の冥福を祈ったあと、再びたずねた。

「で、その喜兵衛どのを、ここから誘い出した金井とか吉田とか申す者たちは、いかがいたした?」

「金井半兵衛様は大坂天王寺で、また吉田勘右衛門殿は有馬温泉で、それぞれ奉行所の捕方に踏み込まれて自刃なさいました。そのほか、あの事件で自刃したり斬り死にした者は四十数名にも及びます」

「なんといたましいことじゃ。源兵衛殿も拙者も、そなたたちが江戸で軍学を修めたあと、紀州の頼宣公に召し抱えられて、しあわせに暮らしているものとばかり思っていたが、そうではなかったのか……」

「喜兵衛は江戸で由比先生の教えを受けたあと、大坂へ出て金井様の手助けをしていたのでございます。由比先生が世直しに立ち上がられたとき、大坂でこれに呼応し、大坂城を乗っ取る計画だったようでございます」

「それがすべて、事を起こす前に露見していたというわけじゃな」

「さようでございます。由比先生は駿府へお出かけになって茶町の旅籠《はたご》梅屋に逗留していたところを駿府町奉行落合小平次配下の与力、同心たちに取り囲まれ、もはやこれまでと御一同枕を並べて御自害なされ、江戸に残っていた丸橋忠弥殿も捕えられ、八月十日に母御や兄など縁類の者ともども鈴ケ森で処刑されたそうでございます」

「…………」

「で、そなた、これからどうする？」

と李左衛門は、顔を背《そむ》けて話題を変えた。

「父上を頼って来たのであろうが、源兵衛殿は昨年みまかられた。塩田の仕事を終えてのう」

「…………」

奈美は黙って項垂《うなだ》れていた。今は何処にも寄る辺のない天涯孤独の身の上である。とはいっても、八年前に李左衛門の誘いを蹴り、後足で砂をかけるようにして出て行った手前、李左衛門に救いを求めることなど、とても自分の口からは言い出せぬのである。

十一

慶安四年（一六五一）は江戸の幕府にとっても福山藩にとっても、まことに多難な年であった。江戸城で将軍家光が薨去したのはこの年の四月であったが、福山城ではその一月前の三月十五日に宗休勝成が八十八歳で他界した。いわゆる慶安事変・由比正雪の乱はこの将軍代わりの七月に起こった。七月に後嗣の家綱が十一歳で第四代将軍になったばかりの時だ。

当時、江戸の徳川政権は、幕閣と御三家が対立して政情が不安であり、江戸の巷には幕府の大名取り潰し政策によって生じた犠牲ともいうべき五十七万人の牢人が不遇を託《かこ》っていた。ところが幕府はこれら牢人たちの救済については、何の手も打つことはなく、秩序維持のスローガンの下、武家奉公構、牢人払い、居住地制限といった締め付けばかりに終始していた。だからこうして、住む所もなく、生計の途を奪われ、路頭に迷った牢人たちが、慶安事変のような幕府の転覆を画策するのは理の当然であった。由比正雪の乱は、そうした幕藩体制始動期の不安定な世情の下で起こされた幕府転覆計画である。

計画のあらましをいえば、江戸で丸橋忠弥らが幕府小石川の塩硝蔵《えんしょうぐら》に火を放って江戸の町を焼き、そのどさくさに江戸城に乱入して将軍家綱を人質にとり、正雪らが拠る駿河の久能山へ走る。そこで正雪は久能山の御金蔵を破って、これを軍用金に、将軍家綱を擁して駿府城を攻略占領する。またこれに呼応して京都で加藤市郎右衛門らが二条城を乗っ取り、大坂では金井半兵衛らが大坂城を攻めてこれを占拠するという計画である。

しかし、彼らの目的はあくまでも生計の途を失った牢人たちの救済にあったから、この計画の背後には、幕閣内の権力争いの片方と、現幕閣首脳の牢人対策に不満を持つ紀州大納言頼宣公がいたといわれる。頼宣は幕閣の老中酒井忠勝や松平信綱の打ち出した無慈悲な牢人切り捨て政策に反対して、牢人救済に力を入れ、幕府の訓令を無視して自分の領内に、旧来の家臣団の二倍にも及ぶ牢人たちを召し抱えた。

だが、この事変は、知恵伊豆と呼ばれた老中松平信綱の巧妙なスパイ戦術によって未然に摘発防止された。内部告発者が出て、計画を幕府が知るところとなったからである。訴人となって幕府へ訴え出た奥村八左衛門、奥村七郎右衛門、林理佐衛門、田代次郎右衛門の四人は、かねてより松平信綱が一味徒党の中に潜《もぐ》り込ませていた諜者《ちょうじゃ》だったのである。

ところが奇妙なことに、事変の黒幕と取沙汰された紀州の徳川頼宣については、知らぬ存ぜぬで幕府は押し通した。そのくせ同じ年七月九日に三河の刈屋《かりや》城主松平定政が幕閣に上書して幕政を批判すると、すぐさまこれを咎めて七月十八日に彼の所領を改易した。今も昔も政治の生け贄とされるのは、こうした力のない真っ正直な政治的弱者である。

年が明けた慶安五年九月十八日に改元の事があって、承応元年となった。壬辰《みずのえたつ》の正月四日、備後松永塩田で、新年の仕事始めがあった。

盛大な花火が打ち上げられたこの日、年賀に出席した普請方役人や塩を商う浜旦《はまだん》那《な》、塩浜で働く浜子《はまこ》たちへ馳走《ちそう》が出された。その馳走を賄《まかな》う台所で、甲斐甲斐しく働く奈美の姿があった。彼女は昨年の師走《しわす》から杢左衛門の肝煎《きもい》りで、この塩浜の賄い方に雇用されていたのである。敗壊《はえ》の女であった奈美も、こうして杢左衛門と同じく、易行道《いぎょうどう》を歩むことにより、人生に活路を見出したのである。

奈美はこのあと、大坂在住中浪花《なにわ》商人たちと交わることによって身につけた商才を見込まれ、賄い方から松永塩の販売方に抜擢《ばってき》された。福山藩の専売品である松永塩を上方に売り捌《さば》く仕事を彼女が取り仕切ったのである。松永塩が播州の赤穂塩や安芸の瀬戸田塩に劣らず高値で取り引きされるようになったのは、彼女の尽力によるといわれる。彼女が女だてらに片肌脱いで算盤片手に、塩問屋の手代を相手に丁丁発止と渡り合う艶姿《あですがた》は、人々を驚嘆させた。

杢左衛門は、こうして松永塩田の造成が終わり、塩浜の塩つくりが順調に始動すると、隠居を願い出たが、福山藩二代藩主の水野美作守勝俊はこれを許さず、新たに柳津新田と高須新田の開発を命じた。柳津新田が完成したのが明暦二年

（一六五六）、高須新田が完成したのは、万治元年（一六五八）であった。

福山藩では、明暦元年（一六五五）二月二十一日に二代藩主の水野美作守が享年五十八歳で病没したあと、三代藩主の勝貞が襲封したが、彼は祖父の勝成によく似た性格だったので、祖父の日向守を襲名した。そして彼は杢左衛門に新たな松永新涯の造成を命じた。その起工は万治三年（一六六〇）の初冬であった。

さらにこの若い日向守勝貞は、松永塩田の造成が福山藩の財政に大きな利益をもたらせていることを知って、杢左衛門に第二期の松永塩田の造成を命じた。これは前に造成した第一期の松永塩田と合わせて四十ヘクタールにも及ぶ広大な塩田であった。これにより福山藩には、大松永塩田四十八浜が寛文七年（一六六七）に完成されることになるが、これは寛文二年に完成した松永新涯を入浜塩田に変えるもので、干拓した新涯に堤を築いて、そこに塩場を開いたのである。杢左衛門の子随《ずい》幻重尚《げんしげなお》の「随幻覚書」に、「四代水野美作守殿代、沼隈郡高須村の新涯取立、其巳後、寛文七丁未《ひのとひつじ》年松永開闢《かいへき》仕り、塩浜に致し候」とあるのがこれだ。

十二

本庄杢左衛門重政が、享年七十歳で他界したのは延宝四年（一六七六）二月十五日で、それは敗壊の人杢左衛門の最後の御奉公であった松永第二塩田の完成から数えて九年後のことであった。福山藩主は第三代勝貞が寛文二年十月に享年三十八歳で没したので、第四代美作守勝種と代わっている。重政の墓は完成した松永塩田を見はるかす彼の菩提寺承天寺の境内にある。法名は如風院憐情露石居士で、菩提寺の承天寺は吸江山と号し、臨済宗妙心寺派の寺院である。もと備後長和《ながわ》の荘の物資集散地として賑わっていた芦田川河畔の神島市《かしまいち》にあった円応《えんのう》禅師寂室元光《じゃくしつげんこう》ゆかりの寺院を、万治元年に杢左衛門がここへ引いて建立したものである。寺の本尊は聖観音菩薩であるが、脇仏として憐情様と称する本庄重政の自刻像《じこくぞう》が祀られている。

杢左衛門の妻沢（真照院了雲妙悟大姉）が亡くなったのは、杢左衛門が第二松永

本庄重政父子の墓。右：本庄重政墓（如風院憐情露石居士）、左：杢左エ門重政の子、隋幻重尚の墓。

塩田の造成に献身していた寛文三年（一六六三）の秋であった。

そこで、その沢の没後、男鰥《おとこやもめ》となって不自由している杢左衛門の身のまわりの世話をするため、奈美は、彼の屋敷に移り住んだ。彼女の息子はもう十九歳になって元服し、独り立ちしていたからである。

敗壊の人といっても、杢左衛門は男である。しかも熟年の五十七歳。綺麗な女を見れば男心は燃える。妖艶な奈美と一つ屋《や》で暮らすうちに、杢左衛門の心が騒ぐこともあった。

こんな夜があった。

妙に噎《む》せ返る寝苦しい夏の夜であった。李左衛門は幾度となく厠《かわや》に立った。ところがふたたび寝所の障子を開けて厠に立とうとしたとき、鉤の手になった縁側の奥から、なにやら白いものがぼんやりと浮んで見える。

目を凝《こ》らすと、それは湯文字一枚の女の裸身である。女は李左衛門の姿が目に入らぬらしく、ゆっくりとこちらへ向かって歩いて来る。厠からの帰りであろうか……よく見ると奈美であった。

調髪をほどいた漆黒の洗い髪が両肩から乳房に垂れかかっている。はち切れんばかりに盛り上がった胸のふくらみがある。すんなりと伸びきった白い両腿《りょうもも》が妖しいアイボリーの輝きを放って、湯文字の中からこぼれ出て見えた。

「これは奈美どの……」

と、出かかった声を呑み、慌てて障子を閉めた。

女はその障子の前まで来ると、歩を停めた。李左衛門は息を殺した。今、この障子を開ければ、女はなんのためらいもなく、この部屋に入ってくるにちがいない。

李左衛門の胸は妖しくときめいた。「奈美どの」と呼びかけようと思った。

が、声が出ない。

手をかけて障子を開けようと思った。

が、指先が動かない。

「……………」

沈黙の時が流れた。そして女は立ち去った。気のせいか、遠くで女の咽《むせ》び泣く声がしたように思えた。

その夜のことがあってから、杢左衛門は夜毎に、就寝前のわずかな時間を割いて、樟《くす》の素材に人形を刻み始めた。

「どなたの像でございますか、この人形は？」

「ふむ、憐情《りんじょう》の像じゃ」

人に問われると、彼は微笑みながら、そう答えた。憐情というのは杢左衛門が、晩年になって自分につけた号である。

そんな杢左衛門と一緒に暮らしていた奈美であったが、彼女は杢左衛門が亡くなると、塩浜の仕事をやめて尼となり、承天寺に入って彼の菩提を弔った。

杢左衛門が手がけた第一期と第二期の大松永塩田の完成によって四十ヘクタールもの広大な塩田が造られ、さらに彼によって造成された松永《まつなが》、柳津《やないづ》、高須の新田と合わせて松永湾岸に新しい村落が誕生した。後の松永村である。ここに移り住んだ村人たちはこの村を本庄村と呼ぼうとした。けれども杢左衛門は「それでは拙者が開発の功績を一人占めすることになる。この村は、人々の力の結集によってつくられたものだから」と、許さなかった。そこで松永村と命名されたが、村人たちは彼の没後天保二年（一八三一）にその功績を讃えて、彼の屋敷跡に本庄神社を建立した。

今、この本庄神社の眼下に広がる松永湾は遺芳湾《いほうわん》と呼ばれている。これは備後の碩学菅茶山《せきがくかんちゃざん》（一七四八—一八二七）が、重政の遺徳を讃えてつけた雅名である。

時は移ろい、塩田は消え失せてしまったが、今もこの遺芳湾の落日は美しく光り輝いて見える。

完

本荘神社

本荘重政公顕彰之碑

徳勝院殿水野勝成公墓（福山市寺町賢忠寺墓所）

［著者］森本 繁（もりもと・しげる）

1926年愛媛県生まれ。九州大学法学部卒業。実証歴史作家。第2回歴史群像大賞受賞。
著書は『近代国家日本の光芒』（芙蓉書房出版）、『初代刈谷藩主水野勝成公伝拾遺』（刈谷市）、『白楊樹の墓標　満蒙開拓青少年義勇軍の記録』（原書房）、『台湾の開祖　国姓爺鄭成功』（国書刊行会）、『放浪武者　水野勝成』（洋泉社）、『南蛮キリシタン女医　明石レジーナ』『ルイス・デ・アルメイダ』（以上、聖母の騎士社）、『村上水軍全史』『源平海の合戦』『岩柳佐々木小次郎』『白拍子静御前』『毛利元就』（以上、新人物往来社）、『小西行長』『明石掃部』『細川幽斎』『村上水軍興亡史』『宮本武蔵を歩く』『厳島の戦い』（以上、学研M文庫）など六十数冊以上。

敗壊《はえ》の人《ひと》

発行日　2024年11月8日　第1刷発行

著者　森本《もりもと》　繁《しげる》

発行者　田辺修三
発行所　東洋出版株式会社
〒112-0014　東京都文京区関口1-23-6
電話　03-5261-1004（代）
振替　00110-2-175030
https://www.toyo-shuppan.com/

印刷・製本　日本ハイコム株式会社

ISBN 978-4-8096-8717-4
定価はカバーに表示してあります

ISO14001 取得工場で印刷しました